まるむし帳

さくらももこ

集英社文庫

目次

感覚

思考

本文デザイン　祖父江 慎＋芥 陽子（コズフィッシュ）

まるむし帳

まるむし帳

すぐ　まるくなる虫。
すぐ　ころがる虫。
すぐ　びっくりする虫。

まるむし
まるむし

まるむしの帳面。

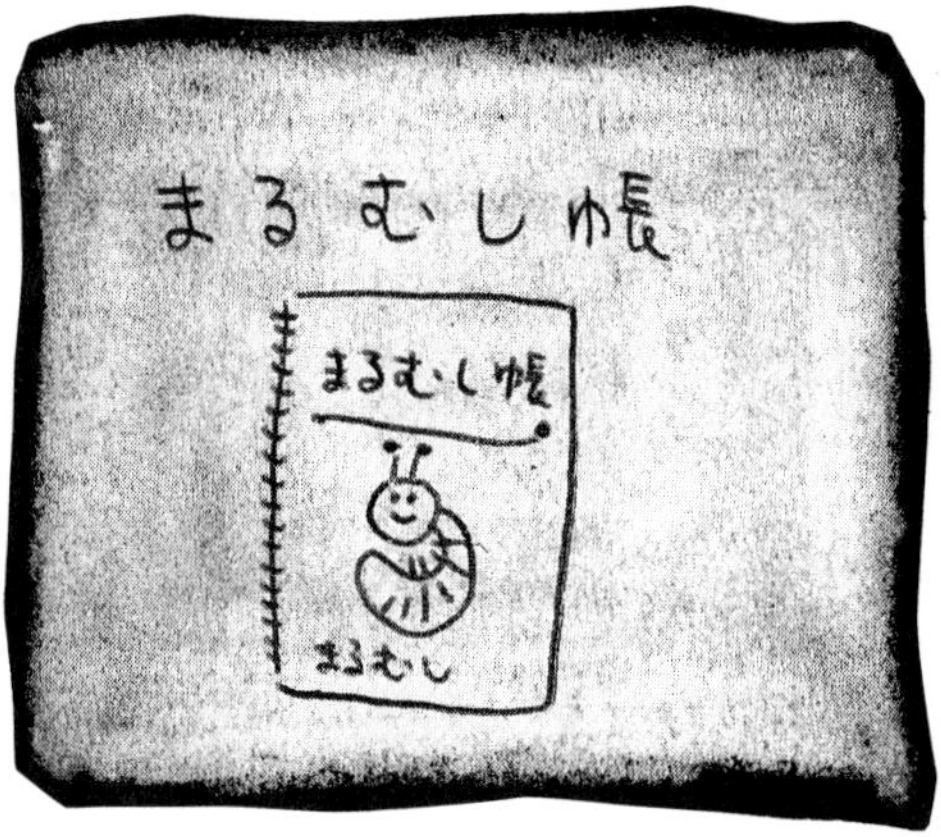
まるむしゅ帳
まるむしゅ帳
まるむし

一元性

有無

無の状態は
真白なのか
真黒なのか
白なら白が在り
黒なら黒が在り
両方とも違うのなら
無が在り
何も無いのに
無いことが在ることになる。

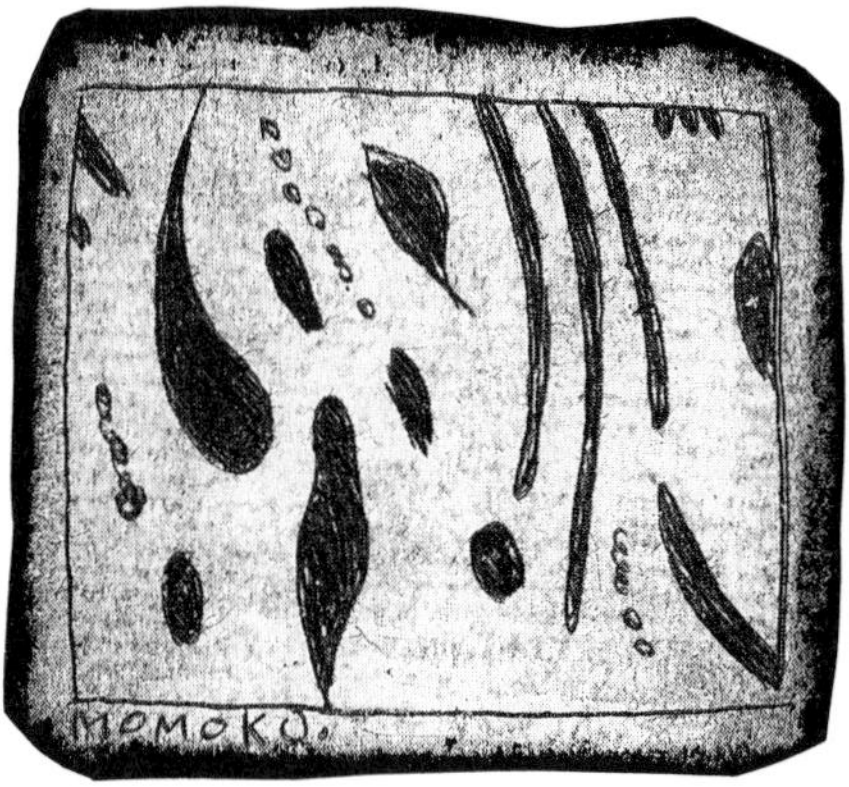
MOMOKO.

善くも悪くもない

わたしは
だれのものでもない。
あなたも
みんなも
だれのものでもない。
善くも悪くもない。
生まれたときに
世界の幕がひらき
全ての広がりが
舞台となって

泣いたり笑ったりしているだけだ。

回るシステム

小さな元素が
クルクル回っている。
人の体は全部クルクル回っている。
地球も太陽のまわりを回っている。
太陽系も
銀河系も
銀河集団も
それよりもっと大きい集団も
渦をまいて回っている。
小さいものから

大きいものまで
回るというシステムは
一体何の力だろう。

ひとときの何人

1秒前のわたしを取り出すには
0・1秒前のわたしも
0・01秒前のわたしも
0・001秒前のわたしも
0・0001秒前のわたしも
0・00001秒前のわたしも
何人も何人も何人も何人も
必要だよ。
一瞬は永遠を内包しているね。
永遠は　まばたきなのかな。

MOMOKO

果て

長い長い線路の終点に
線路は無くて
長く長く線路が始まるところにも
線路は無くて

長い長い川の終わりは
海になっていて
長い長い道の終わりも
海になっていて

深い深い海の底は
地球になっていて
広い広い宇宙の中に
地球はいるね。

変化

なんにも
変わってないよ。
なんにも
動かなくて
なんにも
音がしなくて
なんにも
無いんだから。

でも時計があるから
人が死ぬ。

無い力

動いている細胞の中の
小さい粒子の中の
そのまた粒子の中の
もっと　もっと小さい粒子の中の
一番一番小さい粒が
動く力は
何も無いところから
きてるんだね。
何も無いの力は　すごいね。

MoMoka

ぜんぶ

大切なことは
ぜんぶここにある。
泣くこと　笑うこと
怒ること　喜ぶこと
あたりまえの気持ちは
あたりまえのものとして
そのまま　今ここにある。
もうどこへも行かなくても
なんにもしなくても
どこへ行っても

何をしても
ぜんぶそのままだ。

眠る

夢もみないで
眠るとき
全て忘れて
眠るとき

あなたもいなくて
わたしもいなくて

うれしくも

かなしくも
さみしくもないね。

気まぐれ

もし
在ると無いが
気まぐれに点滅していたら
在るが10秒
無いが千年
気まぐれに点滅していたら
わたしは10秒ごとに
千年経って
あなたに会ってる。
でも無いは無いので

千年よりも　もっと多くの年月を
わたしも　あなたも持ちながら
平気な顔して生きてます。

感覚

クリームの波

クリームの波が
わたしを溶かしてゆく。
小さいんだか
大きいんだか
わからなくなってゆく。
それは
ゆっくりとしていて
安心で　あったかい。
きらいも

好きも
ひとつもない。

きもち

やさしい気持ちは
ふわふわしてる。
こわい気持ちは
ぶるぶるしてる。
さみしい気持ちは
ほそぼそしてる。
うれしい気持ちは
ぴょんぴょんはねる。

MOMOKO

流れてる

電車のホームが流れてる。
人間もみんな流れてる。
わたしの頭の中も
流れている。
おんなじように
流れている。
うれしくて
しかたがない。

MOMOKO

いいよ

頭の中身が
どんどん外に出ていく。
私はただ
空気を吸っているだけで
白も黄色も
忘れているよ。

それなのに
血液はちゃんと流れていて

こうしていてもいいよ
と言ってくれてる。

みんなマル

わたしのけしごむ。
わたしのえんぴつ。
大好きな人。
大キライな人。
どんどん思い出していくと
みんなマルだね。
みんなマルだよ。

MOMOKO

ビール工場

頭のてっぺんに
ビール工場ができてる。
シュワシュワして
少し冷たくて
気持ちいいよ。

MoMoKo

思考

具現化

頭で考えていることが
地上から離れて
何万メートルも離れて
それは一瞬の事だけど
組み立てられて戻ってくる。
組み立てられた誰かの考えは
いつの時期か形になり
ビルが建ち
家が建ち
学校や公園が建ち

絵ができ
歌ができ
恋愛が成就し
街は整理され
うまく組み立てられなかった考えは
宇宙空間を分解したまま漂い
涙に姿を変え
クルクル回り
いつか組み立てられるのを待ってる。

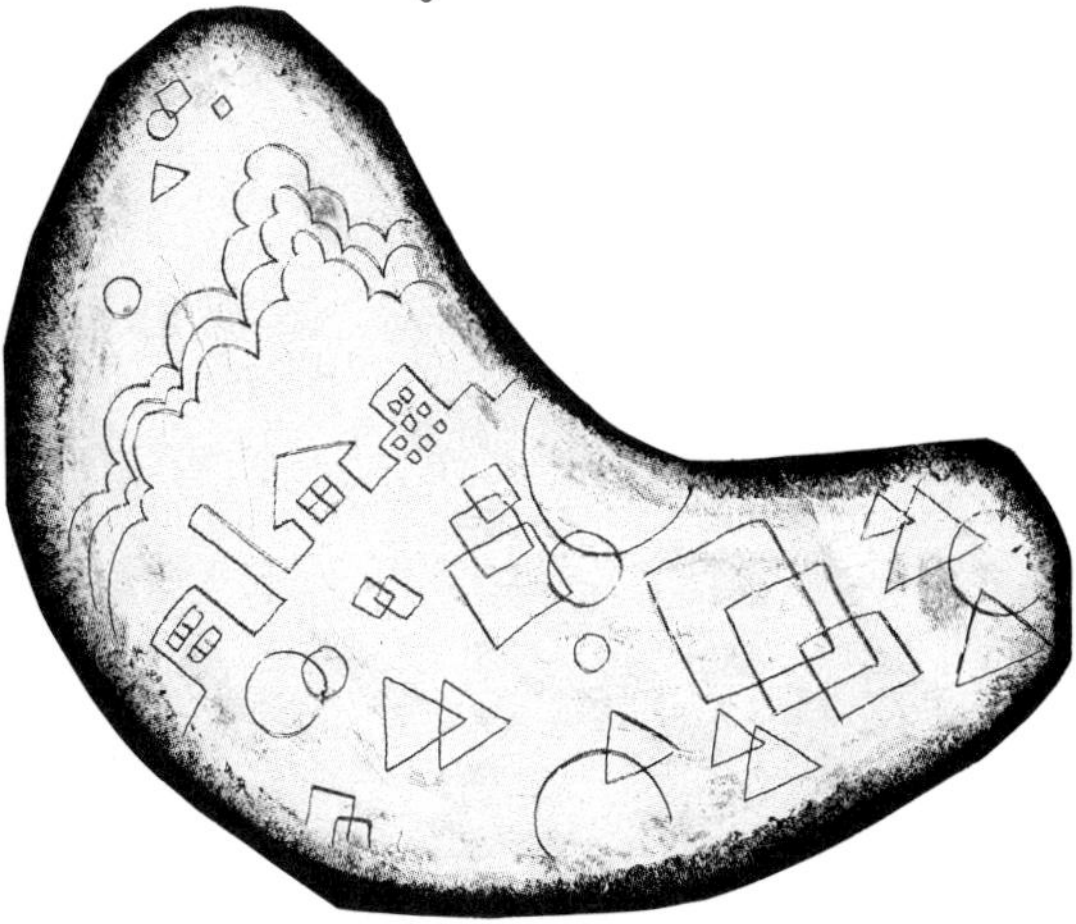

まるい星

星は　なんでみんな
まるいんだろうね。

まあちゃんは　そう言って笑った。
わたしも
そう思うよ。

いくつもあるのに
全部まるいのは
なんでかな。

わたしの顔も
まるいよ。

まるいと
ころがるのは
なんでかな。

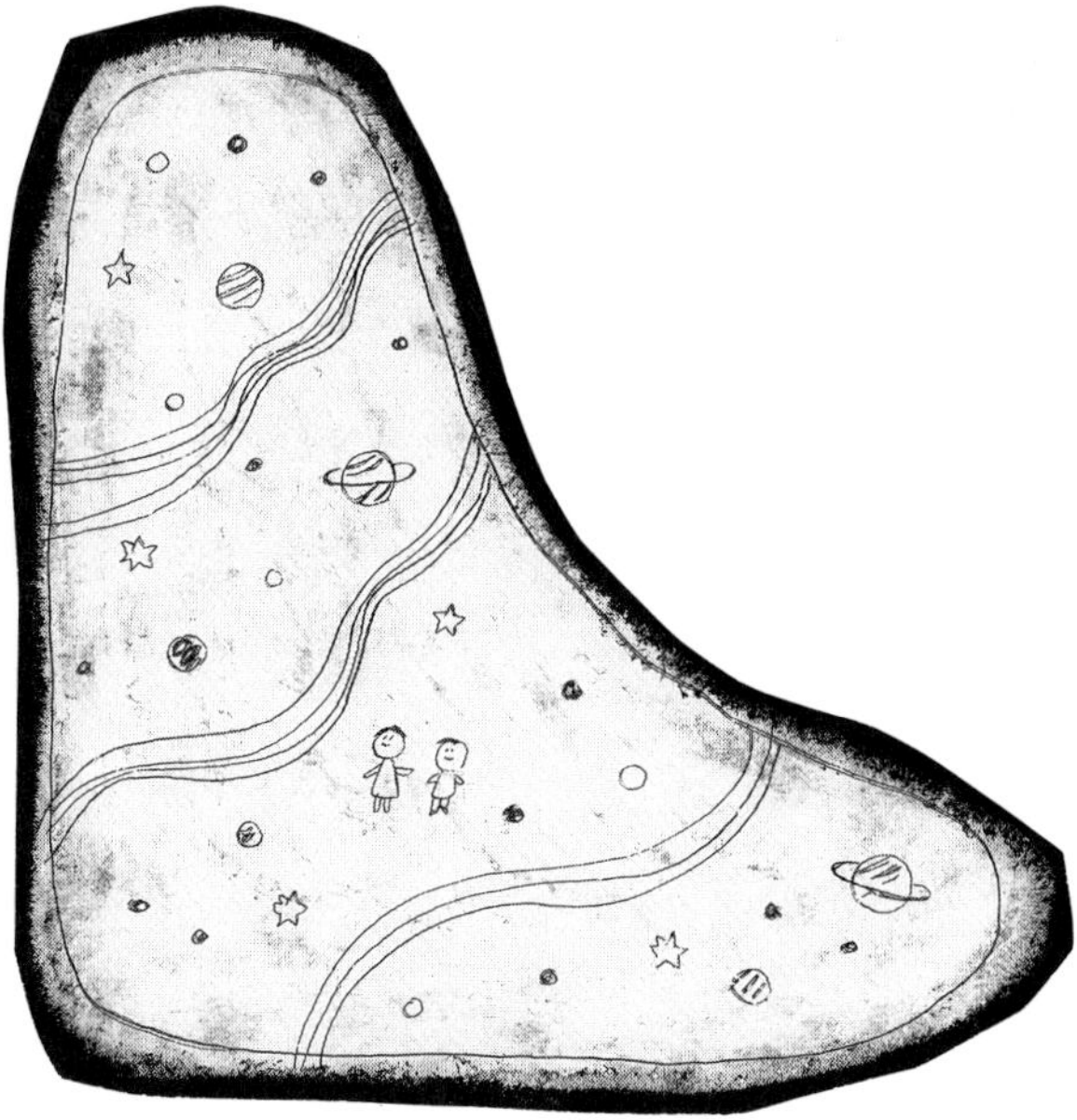

こうしていよう

ここにいてもいいって
いつだれに言われたのでもないのにね。
ここに　こうして　わたしはいるよ。

雨が降ってるのを見たり
空が青いのを見たり
キンモクセイの花を見たり
みんなと　しゃべったりしてるよ。

おいしいだとか　うれしいだとか

とんだり　はねたり
ブツブツ言ったりしてるよ。
ふしぎだね。
こうしていてもいいなんてね。
おもしろいね。
ラクだから　このまま
こうして　コロコロしていよう。

セロハン

セロハンの赤色に
光を通したとき
もとの光は
セロハンの赤色を
だっこしながら
壁にぶつかる。

MOMOKO

組み合わせ

食べ物の粒子が
舌の粒子と
どういう組み合わせに
なったときに
わたしはおいしいと
思うんだろう。
おいしい組み合わせに
なったとたん
舌から
ものすごい速さで

情報屋の神経細胞が
わたしに
おいしいを知らせにくる。

記憶

記憶された事柄は
役に立たない。
今日昇った太陽が
明日も昇ってくれるかな。

今見ている星の光が
明日はいっせいに
届かないかも
しれないね。

MOMOKO

かゆい

背中が　かゆくて
背中をかく。
今まで
静かに　正確に
組織されていた　細胞の
小さい小さい粒子の宇宙は
一瞬にして
はがれおち
皮フの表面形態は
破壊される。

ああ　どうか
あさはかな　私の願いですが
地球を含む　この宇宙が
かゆくなりませんように。

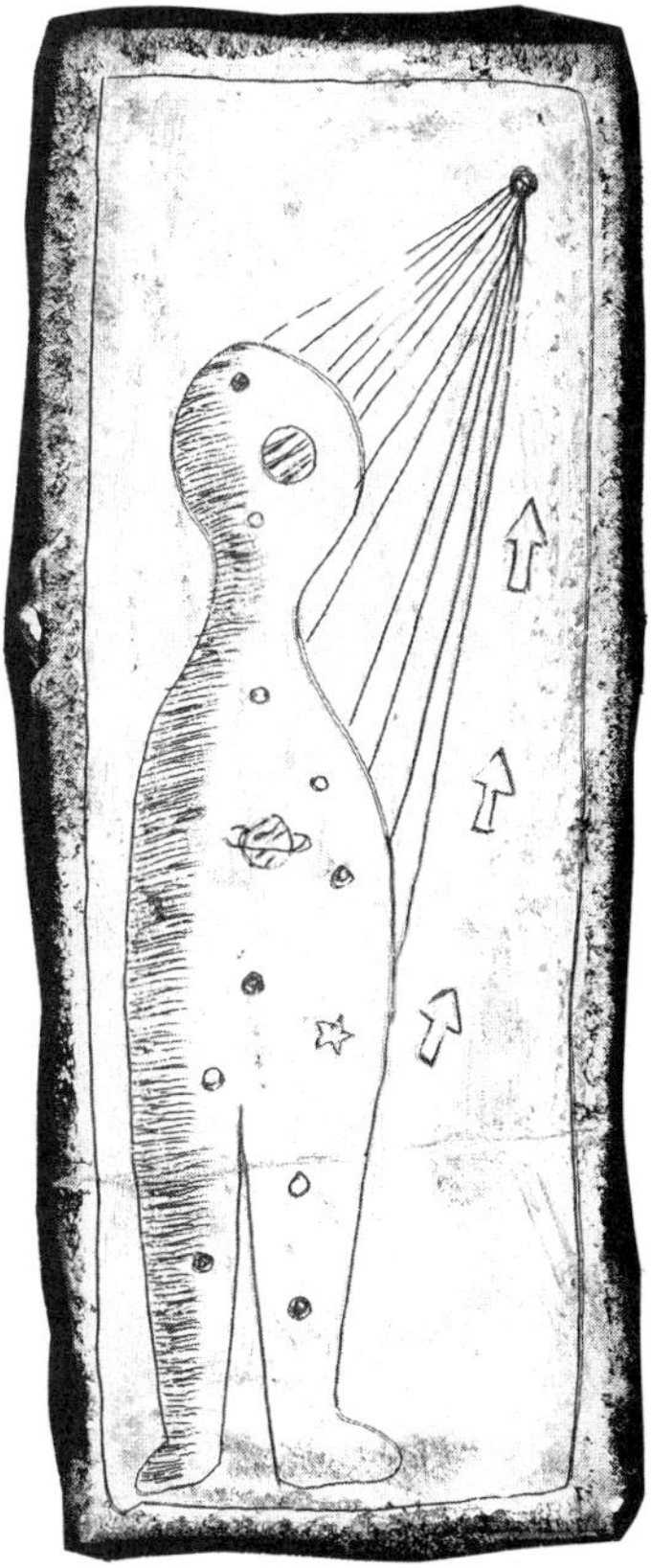

つながっている

左手の　くすり指のきずあと
3才のときの
わたしの泣き声が
窒息しそうな呼吸のあいまに
きこえてくる。

まぼろしだった
小さい頃のわたしが
今ここに居て
地面に落ちた涙は

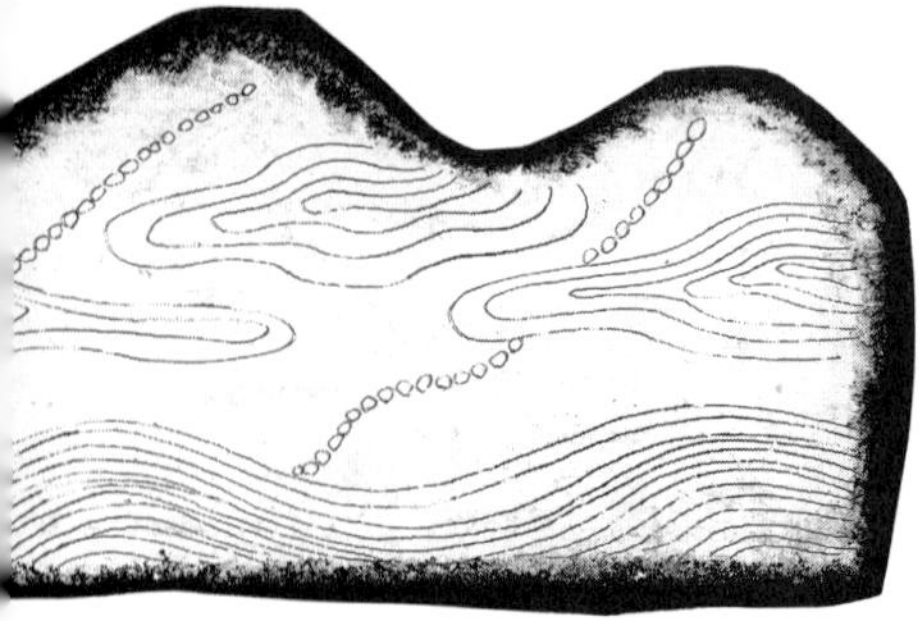

水蒸気になって
空気中に散らばり

その一部は
地面の中の養分になり
木の葉の中で
わたしを　見ている。

だれかの涙や　ためいきや
自分の涙や　ためいきが

ごちゃごちゃしながら
つながって

ここには
失くなったものなんて
何もないのに

わたしは今
食べ終わったばかりの
アイスクリームの悲しさに
ポカンとしているばかりです。

家族

同じ人

わたしと
お姉ちゃんの
おかあさんとおとうさんは
同じ人だ。
同じ人から生まれて
同じ家で育って
同じお弁当を作ってもらった。
わたしは
おかあさんとおとうさんが
同じくらい好きだし

おかあさんとおとうさんは
同じくらい
わたしとお姉ちゃんを
大切にしている。

けんか

学校で友達とケンカした。
たくさんを相手に
わたしはひとり。

握りこぶしの中の汗。
こみあげてくる涙が
のどで止まっている瞬間。

おとうさん
おかあさん

笑顔で帰ってくると
思っているね。
みんなと仲良くしてると
思っているね。

おとうさんのおみやげ

おとうさんが北海道に行って
たくさんおみやげ持って帰ってきた。
にこにこ元気に帰ってきた。
バターあめやラーメンが
ふくろに入っていたよ。
わたしは木彫りのクマを
もらった。
これがいちばん重かったんだぞ
おとうさんは
そう言って笑った。

MOMOKO

後姿

うつむいて歩く少女の後姿が
いつかの私の影を背負い
いつかの私の母の影を背負い
夕陽の中に消えてゆく。
私が子供であったこと
母が母であったこと
いつか私が母になること。
少女が幸せであることを願う。

MOMOKO

たかし君

いじめられてる
たかし君が
泣いている。
たかし君のシャツは
きいろくて
小さい小鳥のマークが
ししゅうしてある。
そでが　よごれているよ。
たかし君の
おかあさんが

たかし君のために
着せてくれたシャツ。

自然・生き物

ヒキガエル

去年のヒキガエルが
また今年も　家の前に座っている。
おとなしく
礼儀正しく座っている。

わたしが「おい」と声かけたら
ジロリとこちらにふりむいて
ノドをゴクリと鳴らしてた。

小さい手が

大きい地球の土の上に置かれて
興味なさそうな顔をしながら
なんで今年もまた
わたしに見つかったのかね。

おとなしく
礼儀正しく
わたしと一緒に月を見る。

お腹

人間は人間を
つくれないけれど
人間しか人間を
つくれない。
人間は犬を
つくれないけど
犬は犬をつくる。
むずかしいのに
おかあさんのお腹は
ちゃんとつくるよ。

MOMOKO

かぜ

いつか
うれしいときに出逢った風が
世界一周して帰ってきて
つまらないわたしの肩を
ポンポンたたくので
ふりむいたときは
ゆっくりゆっくり笑いながら
わたしのうれしかったときと
いろんな人のうれしいを
おみやげに持ってたよ。

MOMOKO

木

わたしが泣いても
笑っても　怒っても
びくともしない
木があるよ。
木に登って　深呼吸して
そこは自分と地球のまん中。

MOMOKO

空

雲の上の
空の色が
ここにいる　わたしの
目に届く。

こんなに宇宙の中にいて
一体どこの宇宙に行こうとして
まだ宇宙船を
とばすのかな。

MoMoKo

雨のきおく

雨が
わたしの腕に
おちてきた。

2ミリくらいの大きさの
水のかたまり。

どこかの海にいたときの
たのしい記憶が

わたしの腕から
しみこんでくるよ。

風の粒

風は
何とつながっているのかな。
何も無いのに
ちり紙のはしを
動かしているよ。

何かの粒と粒とが　順々に
つながって
ちり紙のはしにぶつかっている。
さいしょの粒は

だれに押されて
動いたのかな。
さいごの粒は
だれにぶつかるんだろう。

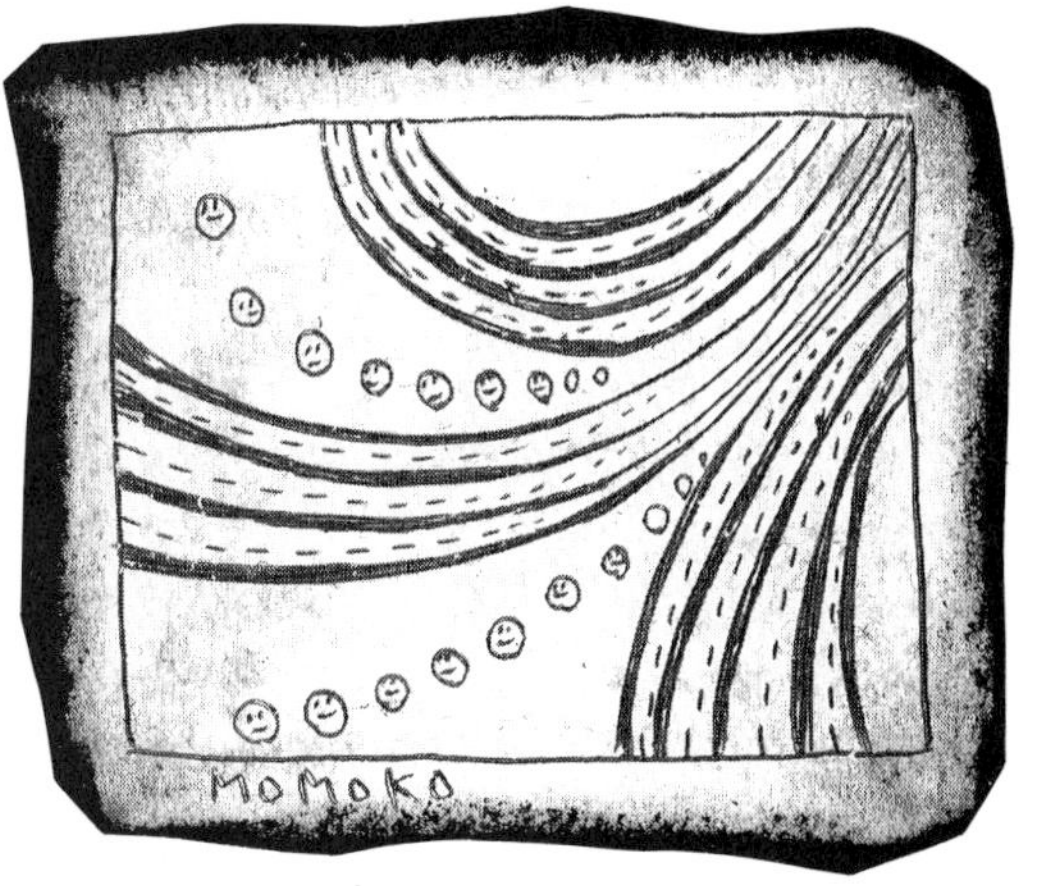

犬の目

犬の丸い目が
ちらりと私を見たとき
うすい獣のにおいと一緒に
犬が笑う感じがしたよ。
どこまでも黒い犬の目は
湖の底までつながっていて
さみしさを呑みこみながら
鎖におとなしくつながれている。

MOMOKO

さかな

さかなが
目をあけたまま
ぐうぐう眠っているとき

わたしは
さかなの気持ちが
いちばんよくわかる。

わたしが
目をあけたまま

ぐうぐう眠るとき
さかなは
わたしの気持ちを
きっと知ってる。

大きい木

わたしは
いつも見ていたよ。

風がふいて大変な日も
青空の中で気持ちよさそうにしてた日も。

わたしが歌ったあの歌を
おぼえていてくれるかな。

わたしが忘れてしまっても

大きい木は
風にのせて
みんなに教えてあげてほしいよ。

物理的な物への着眼点

泡のちから

わたしのちからは
よわい。
ビンのふたもあかない。
ビンの中身が
炭酸のときは
炭酸ガスが味方して
ふたをあけるのを
手伝ってくれるから
小さい泡のみんな
どうもありがとう。

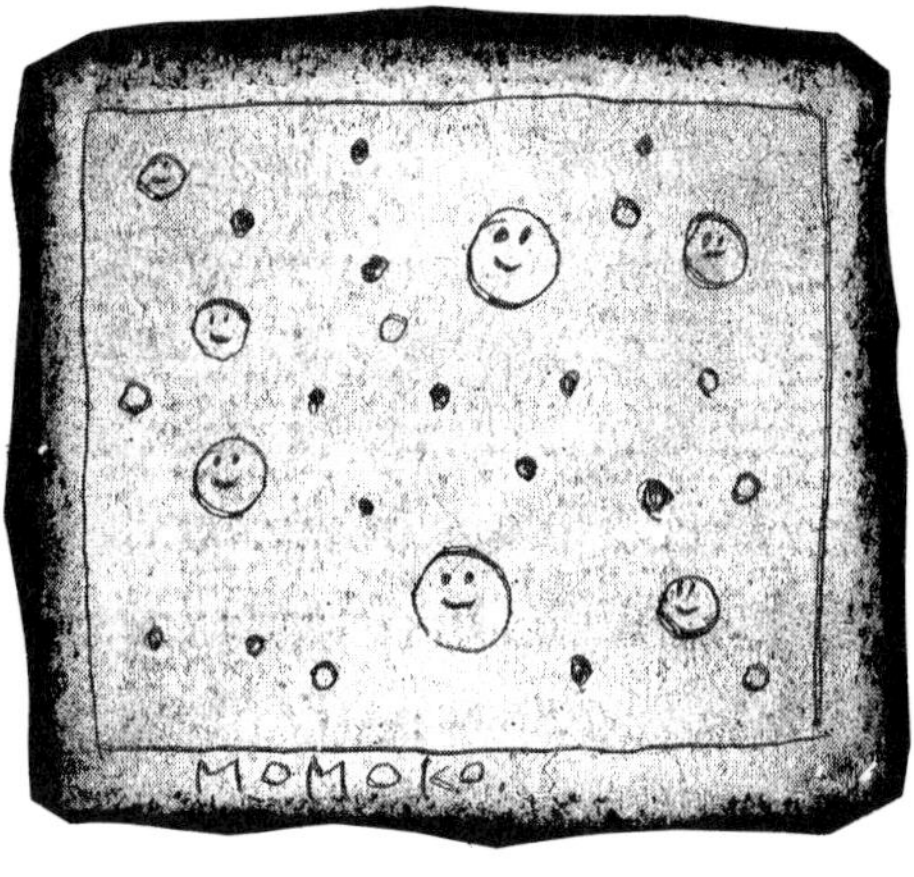
MOMOKO

血液の旅

血液の中の
小さな小さな細胞は
心臓から発射されて
細い細い血管を通り
足の小指の先まで旅する。

遠くまで　よく来たね。
途中、いろんな血管で
枝分かれして
みんなちがう道へ進むけれど

いろんな　土産話をもって
心臓に還ってくる。

ボールペンのボール

ボールペンのボールは
ときどき
言うことをきかなくなるから
わたしは
ボールペンはあまり
好きじゃなかったけれど
ボールペンのボールは
とても小さくて
小さい赤ちゃんだから

言うことをきかなくても
しかたないね。

何も言わない

わたしの心臓も
肝臓も腸も
血液も　つめも　髪も
だれも何も言いません。

止まるときまで
そうしています。
そうなってしまったら
そうしているしか
ないからです。

MOMOKO

にがい薬

にがい薬はわるい。
わたしのノドに
わざとくっついて
ギヒヒと笑う。
わたしは
水をごくごく飲んで
息を一回吸いこむと
にがい薬は
わるい心を改めて
良い仕事をはじめます。

胃腸
MOMOKO

ふたりのチョコ

チョコレートを
ひとつ食べたら
となりのチョコレートも
もうひとつ食べよう。
ふたりなら
おなかの中でも
さみしくないよね。

Chocolate
MOMOKO

鼻水

鼻がむずむずする。
鼻の中の上の方に
たくさん水がたまっているんだ。
出ろ出ろと言っても出ない。
鼻の中に小さい蛇口ができて
そこからちょっとずつ水が出る。

鼻の中にたまった水は
だんだん大きなダムになり
頭のてっぺんまでいって

脳みそまで連れてくるから
鼻水をすするたびに
脳みそが胃にたまって
わたしはいつのまにか
おなかで物事を
考えてたよ。

体内の仲間

虫にさされた
傷あとから
うすい色の血が流れてる。
赤血球や
白血球や
血しょう板が
体の中での役目を終えて
体の外に出てきてる。
ありがとう
体の中の仲間たち。

もう戻ってこない
小さな粒たちは
広い空気の海の中。

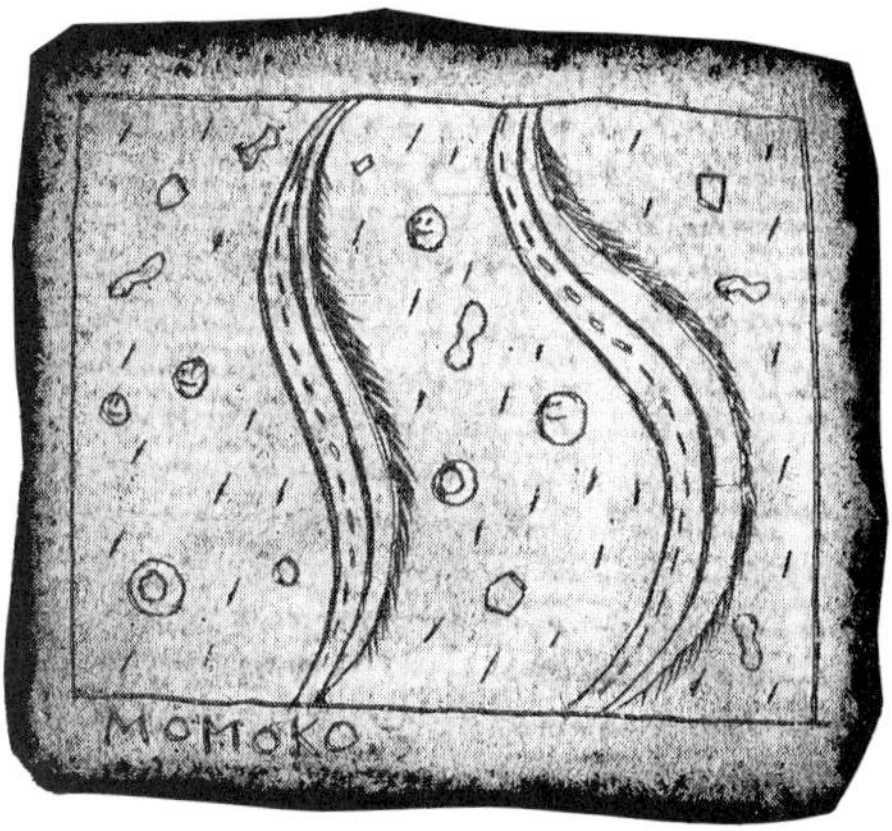

想い

お人形

一番さいごに
お人形あそびをしたのは
いつだろう。
その日　そのとき
箱にしまったお人形と
もう二度と
会えなくなるなんて
思っていなかったから

わたしは　さよならを言うのを
忘れていたよ。

自分のほんとう

ほんとうのことは
人生と同じだけの
時間がかかるから
説明できないけれど
こうして生きていることは
まちがいないので
それだけはほんとうです。
誰でも
ほんとうのことは
自分しか知りませんでした。

MoMoko

いつか

ホコリが
空気の粒にだっこされて
どんどん　どんどん
飛んでゆく。

一万メートル昇ったら
冷たくなって落っこちて
いつか命になったとき
また会えると思うよ。

MOMOKO

いさお君

うまく
ことばを組めない
いさお君が　書いた詩は

どんどん凧が
空にのぼってゆく詩。

いさお君は
ずっと凧を見てたって。

みんなの凧も
空にいたんだって。
ほんとうに　よかったね。
うれしくて
わたしも涙が　でてきたよ。

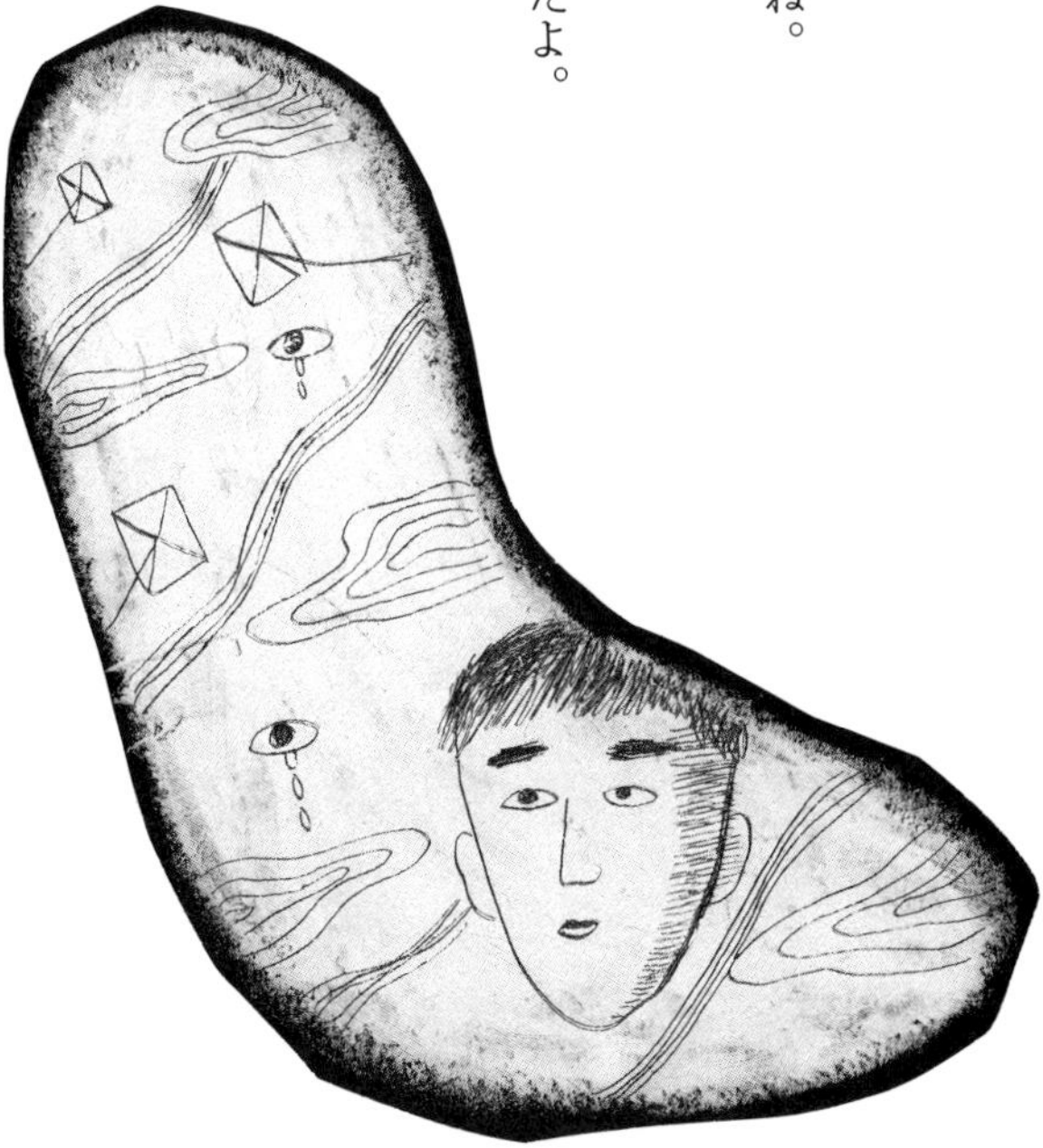

今のわたしの声

もう大丈夫だよの声が
泣いてるわたしに
届きますように……

いつかのあのときの
もう大丈夫だよの声が
今のわたしの声だったと
気がついて
わたしはなおさらエールを送ります。

いっしょに遊ぼう。
いっしょに遊ぼう。

泣かないで
大丈夫だから
一緒に遊ぼう。

空の子

いつか小さい私が抱いていた夢を
空が覚えていてくれた。
わたしは毎日漫画を描き
あの日の空に描いたあの子が
わたしを忘れずいてくれて
空からあの子が降ってきた。
丸い顔のおかっぱのあの子。

MOMOKO

言わない

あなたは言わない。
言わないことが
よく伝わってくるよ。
それは
わたしも言わないことと
たぶん通じているから。
わたしは　それが
言いようのないことだと
知っているし
あなたもわかっている。

MOMOKO

かなしい子供

いつか別れる悲しさが
出会ったときに
生まれる子供。

その人のことが
大好きになればなるほど
その子は大きくなってゆくよ。

その子を
置き去りにして

一番早くに
行ってしまいたいと
ときどき思う
わたしは弱い母親です。

やわらかな想い

言葉の記号で
置き換えることのできない想いが
父の静かな笑顔から
母の電話の沈黙から
あなたの瞳の中の光から
わたしの深呼吸から
世界中のいろんな人から
流れ出している。
赤ちゃんの笑い声
理由のない涙

記号にあてはまらない
柔軟なエネルギーのかたまり。

いつかのわたし

あなたが悲しいのが
わたしにもわかるのは

いつかのわたしが
あなただったときがあるから。

たくさんのいつかを背負って
今わたしもあなたも
ここにいるね。

MOMOKO

巻末対談　谷川俊太郎＋さくらももこ

幼少のころからなりし哲学事始め

谷川　最初に会ったとき、二人とも結婚してましたよね。僕の横には佐野洋子がいて、さくらさんの横には夫がいた。それなのに運命が急転回して（笑）、二人とも独身になってしまった。

さくら　ほんとにね（笑）。

谷川　そもそもお会いしたのは佐野洋子絡みだったでしょ。佐野さんは清水に長かったもんだから、清水の生活を書く、さくらもこの大ファンだったんです。

さくら　たまたま私は佐野さんの高校の後輩なんです。それに谷川さんの大ファンで。大ファンなんて言うとおこがましいんですけど。突き詰めたところの自分というものの二元性、あるもの、ないものとか。その表現に惹かれるんです。

谷川　『まるむし帳』にもそういうことがいっぱい書いてあるじゃないですか。哲学してる。そこが一番おもしろいよね。

さくら　谷川先生が哲学的なことを考えるようになったのはおいくつくらいからですか？　お父様が哲学者だったんですよね。ヒロシがお父さんだった私と比べたら、語られる言葉とか、環境が全然違うと思うんですが。

谷川　僕には父の影響だという自覚は全然ないんです。そういうの関係ないんじゃないかな。むしろバカにしてた。うちの父親、哲学なんか語りませんでしたしね。お芋のこととか、食べるもののことばっかり話してた。

さくら　じゃあ、うちのヒロシと同じです。八百屋だったんで。

谷川　インテリなんて外じゃ偉そうな顔してるけど、家庭内ではほんといい加減なもんだからさ。父親というものにそれほどの違いはないと思います。子供って、ある程度物心つくと誰だって哲学的なことを考えるようになるじゃないですか。僕って死ぬのかしらとか、お母さんが死んだら怖いとか。

さくらさん、お父さんが八百屋さんだったからって、野菜のことばっかり考えてました？

さくら　結構詳しいです。

谷川　ほおー。じゃあ、いいお父さんなんだ。

さくら　やっぱりすごいなじんでるものがありますね。店に置いてある野菜とか果物を必ず見るじゃないですか。だから、どういうものが美味《おい》しそうだとか、むき方とか、人よりちょっと詳しい。そんなつまんないこと詳しくてもしようがないのに。

谷川　僕から見るとそういうことが羨ましい。哲学者の店先って、本の背中がばあーっと並んでるだけだから劣等感があるんです。その本もわけわかんないこと、いっぱい書いてあるだけじゃないですか。眠たいだけで、全然実用的じゃない。

さくら　かっこいいですよ。私、八百屋はかっこ悪い、店つぶれてくんないかなと、ほんとに思ってたんです（笑）。

谷川　今は環境保護とか有機野菜とかいろいろあるから、八百屋さんはすごくいい存在ですよね。

さくら　あのころは農薬バリバリで、何一ついいことなかったんです。だから、店をやめて喫茶店にでもしたらどうかって親に本気で言ったこともあるんです。すごい怒られましたけど。

谷川　（笑）さくらさんが哲学しだしたのはいくつぐらいのとき？

さくら　人が死んじゃうとか、自分が死ぬかもしれないとかっていうのを気にし始めたのは五歳くらい。私、すごい心配性だったんですね。楽しいテレビ、「ライオン丸」とかを見てても、予告編をやっているときに、これ、来週見れるかわかんないなっていうふうに思ってたんです。

谷川　僕もそのぐらいから。僕は一人っ子ですごい母親っ子だったから、自分が死ぬことよりも母親が死ぬのが怖かった。キリスト教の幼稚園なんかに行ってたもんだから。

さくら　私もそうだったんです。親がクリスチャンだったわけでもないんですよ。

その幼稚園がうちの店からものを買ってたという関係で（笑）、キリスト教の幼稚園に行くことになっただけ。

谷川　毎晩、お祈りかなんかした？

さくら　しました、しました。今も、私、寝る前にしてます。

谷川　えっ、今もキリスト教？

さくら　キリスト教じゃないんですけど、自分教ですよね（笑）。

谷川　今、どんなことをお願いしてるんです？

さくら　「こうして布団に入れて、休めることに感謝しています。また、明日もよろしくお願いします」って。

谷川　ありがとう路線ね。いいです。

さくら　でも、問題があるときは、「こんなくだらない問題があってすみません」って前置きしながら、あれこれあれこれ言いますね。

谷川　効きます？

さくら　しないよりは効くんじゃないかなって（笑）。私、何か問題があっても、それを人にぶつけたりしないんですよ。だから、やっぱり疲れます。解決するために何かしたらいいんだけれど、それよりも、うまくいくように神様にまずお願いする。気持ち的にそれで安心するんです。

谷川　地獄と天国の絵図なんか見なかった？

さくら　見ました。ショックでしたね。

谷川　僕もあれ、ショックでしたよ。死んだ人の魂をはかるんですよ。青い方が下に行くと、地獄行きで。

さくら　閻魔《えんま》様の話も……。あ、あれはキリスト教じゃないんですよね。地獄と天国に関しては、いろんな人から話を聞いてミックスされてます。私、三、四歳くらいから近所の靴屋さんの人から、地獄と天国があるっていうことを聞いてました。

谷川　三、四歳からそういうことに興味があったんだ？

さくら　『蜘蛛の糸』のお話なんか聞くと、ちょっとでもいいことして、蜘蛛の糸一本くらいでも助かるかもしれないんなら、悪いことしないようにしようとか思いましたよね。死んだらどうなるか、ちっちゃいころから興味あったんです。

谷川　で、今はどういう結論ですか、死んだ後はどうなるか。

さくら　死んだ後は、やっぱり全部がなくなるとは思えないです。いろんなことを考えてみると、魂の永続性はあったほうがいいよなって思う。

谷川　どうせわかんないんだから、そういうふうに信じていたほうが得です。気が楽だしさ。

さくら　もしなくなっちゃうにしても、そう信じて生きてたほうが有効な人生が送れるというかね。

谷川　ただ、あんまり信じ過ぎると、お葬式に行っても泣けなくなっちゃうんだよね。またどうせ会うんだからとなると、ちょっと問題があるんじゃないかな。

さくら　でもそのくらいの気持ちで流せれば、それは一番いいことですよね。

谷川　何か人情が薄くなっちゃうんじゃないかな？

さくら　そんなことないです。私、祖父の友蔵が死んだとき、ほんとは意地悪じじいだったから、悲しくなくて、ああ、すごい楽だなと思ったんですよ。これがものすごく愛しているおじいちゃんだったら、すごく泣いて、苦しく、悲しいはずだから、人を悲しませなく死ぬことって大事なことかもと思いました。

谷川　なるほど。そういう考え方はありますね。

さくら　なので、自分が死ぬときに悲しむ人がいたら、申しわけないなあというふうにも思ったんです。だからって、友蔵みたいな嫌われ者として意地悪に生きるっていうのもヤですけど。

谷川　やっぱり笑いをとって死ぬのが一番いいんじゃないでしょうか。死ぬ瞬間は体が弱っているから、笑いはとれない。だから、それまでの人生で、もうあの人は笑うっきゃない人だっていうふうにもっていけば、最後も笑ってもらえることにならないかなあ。

さくら　ほんと、そうですよね。

谷川　やっぱり、そういう目線で生きてらっしゃるわけね。何か、僕と考え方が似てます。『まるむし帳』読んでも、すごく似ているような感じなんです。

さくら　すごくおこがましいんですけど、私も谷川さんの本を読んでユーモア感覚とか似てるなって。感覚的で、部分とか考え方の方向性が、多分、似ているんじゃないかなァ…と。

谷川　もしかすると、前世で親子だったりしてね。もちろん、さくらさんがお母さんで、私が息子ですけど。

さくら　息子には教えられることばっかりですね（笑）。

世界のはじまりはエネルギー

谷川　親子で気が合い過ぎると、思春期に問題があるんですよ。だから気をつけないと（笑）。ところで、では、世界の始まりのほうはどうでしょうか。

さくら　世界の始まりはないと言われていますよね。でも、「ある」と「ない」

で言うと、今はもう「ある」わけですから、「ない」ということは概念でしかないですよね。「ある」が、あることになったときというのは、わからないですけれども。

谷川　哲学的ですね（笑）。「ない」とか「ある」とかというのも今の人間の頭脳の限界論の話だから、それはちょっと別にして。ビッグバン理論でいくと、とにかく最初は物質はなかったわけじゃない？　でも、何かエネルギーはあったんです。エネルギーと仮に言えるものが一瞬にして物質をつくったのが、ビッグバンなわけでしょ？。自分の成り立ちを考えると、おばあさんがいて、ひいおばあさんがいて、それが多分、お猿みたいな原人類にさかのぼり、もしかしたらもっと昔はお魚だったかもしれない。それが究極まで行くとビッグバンなわけです。

さくら　そうなんですよね。

谷川　何か深くなるぞ（笑）、意見が一致してますね。そのエネルギーがこの宇宙の間にもあるし、人間にもあるし、今でも自分の中にあると思いたいんです。

さくら　それじゃなきゃ、物質があるというだけじゃ動かないと思うんです。動くって不思議ですよね。何で動くんだろう？　動くことは、そこに何かのエネルギーが働いているからで。

谷川　つまり、あり続けているわけですよね。それで、これからも、多分そのエネルギーだけはなくならない。地球が核爆発でなくなったとしても、物がなくなっても、エネルギーは残る。だから、魂というのは、多分そのエネルギーだから、死んでも残るだろうと、僕は思う。

さくら　それしか考えられないですよね。じゃあそのエネルギーは何なのかって言われると、それは今の私たちの概念の外にある概念なんで、もう考えられないことだけど。

谷川　垣間見ることができるぐらいですよね。

さくら　自分はエネルギーかもと思うことは、たまにあります。私、息子を帝王切開で産んでるんですけれど、そのときに、死に移行していくときというのは、こんな感覚なんだというのが実感としてわかったんです。それは特殊な体験だったんです。やっぱりお腹を切られているときというのは、人は多分普通にしているときよりは結構死に近い状態ですよね。

谷川　それはそうですよね。何か見えたりした？　臨死体験的な。

さくら　臨死体験的な感じはありました。宇宙空間みたいな感じの中で、自分がエネルギーだということがすごく実感としてわかった。存在している、ただそれだけだったんです。退屈でもなく、別におもしろいわけでもなくて、でもすごく充実しているという感じ。こういう感覚だったら、エネルギーでいるということはいいことだなと思ったんです。

谷川　おもしろいね。じゃあ、眠りに落ちるときとはまた違うんだ。

さくら　近いものがあるんですけれども、それよりももっとはっきりしていました。私は、地球って、一つの魂の学習システムだと思うんです。魂だけで、物質界じゃなかったら、何の束縛もないから制限がない。例えば、肉体を課せられること自体、制限じゃないですか。自由に動けないし、疲れたり、頭痛くなったりして、ついには死んでしまう。ほんとにいろんなことが起こる地球で、物質という束縛があることで得られる学習ってあると思うんです。

谷川　体験学習みたいに、すごく学習するけれど、もし、次の世があるとして、そこではそれを全部けろっと忘れちゃうこととかね。

さくら　そこがまた学習システムなんですね。

谷川　神様か何か知らないけど、すごいです。覚えていけば、いくらでも進化していけるのに、それをけろっと忘れてまた産まれてきちゃうんでしょう。

さくら　何度かフラットにされる。それが輪廻《りんね》で、すごいところだなって思う。だって前のことをずっと覚えてたら、やっぱりためにならないことってあると思うんです。例えば、前世で王様だった人が現世で普通の家に産まれて、それを覚えてたら、「おれは……」とか言い続けるかもしれない。

谷川　ぼけ老人でそういう人いますよね。さくらさんは、こういう話と同時に、普通の生活がしっかり書ける。両端をちゃんと押さえてる。そこを僕はすごく尊敬してるんです。男は観念的になると、つい、鍋を洗うのも面倒くさいなみたいなふうに行きがちなんだけど（笑）、ちゃんとやってるもんね。さくらさんの世界は、日常的リアリティーにちゃんと根をおろしてる。

さくら　でも、詩を読むとびっくりする。えっ、こんなにぶっとんでる、みたいな。そんな事言っていただくとかなり恐縮します。

一人息子であることとの影響とは

谷川　漫画も描きながら、詩も書いてたんですか。それとも、詩はある時期に割とまとまって書いていたの？

さくら　『まるむし帳』を書いてたのが、二十二、三歳くらいのころですね。ちょうど『ちびまる子ちゃん』で忙しくなってて、もう大変で、いろいろ。苦しいと、物を考えるじゃないですか。だからよく書いてました。何で詩を書きたいと思ったかはよくわからないんですが、でも、これを一冊書いたら、気持ち的にはすごく落ち着いたんです。

谷川　今度は息子ができてからの哲学も書けるんじゃないでしょうか。

さくら　そうですね、息子の言動を書きとめた詩を、息子にあげようと思ってます。お母さんがあなたのためだけに書いた本みたいなタイトルで、お母さんはこんなに愛してるという一冊。束見本《つかみほん》に書いてるんですけど、すぐ書き終わるだろうと思ったら、束見本が厚くて厚くて、まだ四分の一。子供が四歳くらいから書き始めたのに、小学校三年になった今もまだ三分の一くらいしか書けてなくて。これじゃ、いつまでたってもあげられないなァと思ってます（笑）。

谷川　それをあげる時期は考えたほうがいいよ。思春期にあげると、子供は迷惑すると思う。愛されること、特に男の子にとっては母親に愛されることは重荷なの。それはすごく子供のためにいいんだけど、ある時期はもう、うっとうしくてしようがなくなる。子供が七十歳ぐらいになってからあげるとすごく泣くと思う（笑）。「おっかあはこんなに僕を愛しててくれたのか」と。それでなければ、小出しにするとか。分厚い母の愛をやったら、子供はぐれちゃうかもしれない。出版すると、何で僕たちのことを公にすんだよとかってなると思うし。

さくら　そうかもしれませんね。谷川さんも一人っ子ですしね、なんか実感こもってますね。

谷川　僕は一人っ子で、すごく気弱で、しょっちゅう風邪を引いていて、生意気だったんです。大人ばかりが周りにいたから、子供のくせにすごく大人っぽい口をきいて、母親に怒られていたという、かわいげのない子でしたよ。

さくら　一人っ子とそうでない子の差というのは、大きいんですかね。

谷川　一人っ子のくせに、兄弟がいるのと同じような子もいると思うんだけれども、僕は一人っ子であることに影響を受けている。母親コンプレックスみたいになっちゃった。母親との結びつきがすごく強かったから。

さくら　うちも一人っ子ということには影響を受けていると思うんです、絶対。

谷川　母親とのきずなが強いことが子供の一生を決定すると思う。もちろん母親に十全に愛されるということですごくいい影響があるけれど、そのおかげで、ほかの人とうまくいかないとかいうことはあり得ると思います。息子さんに、将来こういう人になってほしいとか、ありますか？

さくら　みんなから好かれる人になってほしい、それくらいですね。あとは健康でいてほしい。

谷川　健康でみんなに好かれてる人。じゃ、ホームレスでもいい？

さくら　ホームレスでも自分が生き生きしてればそれでいいと思うんです。「ホームレスだけど、ほんとにたーのしいんだよ、お母さん」とか言われたら、それでいい（笑）。

谷川　僕もそうなんです。でも、もし金に困ったら死ぬまでちゃんと金はやろうみたいな、すごい甘やかし体制になってるの。でも、僕、一つだけ息子になってほしくないものがあった。総理大臣。あれはなろうと言ったら、とめるなあ。

さくら　とめますね。あとは、私は、ハラハラする職業には、できればなってほしくない。スタントマンとか。

谷川　空中ブランコ乗りとか（笑）。

さくら　レーサーみたく、間違ったら一瞬で死んじゃうみたいなのはね……。もう高校球児にですらなってほしくないないなと思うんです。ハラハラしちゃって（笑）。

谷川　でも、魂は続いてくんだから（笑）。魂は永続すると思ってても、やっぱり死んでほしくないのね。そこが、矛盾しててておもしろいんだけど。

往生際の悪い二人

さくら　すみません。たばこを吸ってもいいですか。

谷川　……今、何をしたんですか。

さくら　プロポリスをつけたんです。

谷川　プロポリスを吸い口につけてたばこを吸うの？

さくら　少しはニコチンとかタールの影響が少なくなるかと（笑）。すみません。

谷川　こんな往生際が悪い人は初めて見た。普通、節煙か禁煙しますよ（笑）。僕は吸わなくなりました。うちで仕事をしているとつい吸っちゃうんだけど、外へ持って歩かないで平気になっちゃった。

さくら　今日も当然吸っていただけると思っていたんですけれども。

谷川　以前にお会いしたときは吸ってましたもんね。実は僕もけっこう健康に気を使うんです。高いのを我慢してローヤルゼリー飲んでいて、のどあめはプロポリス入りなんです。

さくら　最近、私は健康茶を飲んでます。その健康茶の中には十五種類か十六種類かのお茶が入っているんです。ドクダミとビワの葉とスギナと柿の葉とクマザサと……。自分でとってきて、家の中で干してます。

谷川　それが全部、家の近所でとれるんですか。

さくら　それは、静岡の親戚の家の庭に生えているんです。

谷川　便利ですね。それから？

さくら　庭に生えていないものも入れたいと思って、ものすごく抗酸化作用が強いアフリカのジュアールティー。プーアール茶、中国茶系もちょっと入れて。味が悪いので、ハト麦茶と麦茶も入れて。あとは、除虫菊も効くんです。

谷川　あれは蚊に効くんですよ（笑）。

さくら　蚊にも効きますが人間にも……。その除虫菊のお茶を買ってきて、甜茶《てんちゃ》やヨモギも一緒に入れてます。

谷川　お茶の食い合わせとかはないのかな。飲んで調子がいいんですか。

さくら　すごくいいです。それまで、いろいろとサプリメントを飲んでましたが、今はそのお茶を飲みつつ、サプリメントはプロポリスとビタミン剤ぐらいにして。

谷川　マコモはやってる？

さくら　マコモも飲んでいました。でも、泥を飲んでいるような感じでまずくて。あれはすごく効くらしいですね。おふろにも入れてました。

谷川　おふろは水が循環していないとだめだし、結構大変だよね。

さくら　私は、ずっとおふろに入れていました。でも、さすがにずっと入れていたら水も汚くなってきちゃって、自分は一体何に入っているんだろう……って。

谷川　レンコンの粉は、すごく風邪に効くっていうけど、やってる？

さくら　やったことないです。レンコンの粉、美味しそうですね。谷川さん、やってらっしゃるんですか。

谷川　やってません（笑）。みんな、友達からの又聞きとか、風邪を引いたらもらったとか、そういうやつです。

さくら　じゃあ、常用しているのはローヤルゼリーだけですか。

谷川　そうですね。それから、ビタミン剤を少し、ちょこちょこ飲んでいます。

さくら　じゃあ、あとお茶さえ飲めば万全じゃないですか。お茶、送りましょうか？

谷川　お茶はもらい物がすごく多いから、そのお茶をつい飲んじゃうんだよね。

さくら　緑茶もいいんですよ。ただ、薬草系は、錠剤で飲むよりもお茶のほうがビタミンとかの吸収率が高いんじゃないかと思うんです。他に私は人にもらったカスピ海ヨーグルトを食べます。カスピ海にも二種類あって、随分前はケフィアをやっていたんですけれど、最近はマツーンという種類。美味しいし、やっぱりいいみたい。

谷川　そんなに健康になってどうするんですか（笑）。ちょっと魂のことをばかにしていません？

さくら　肉体に気を取られているんです（笑）。

健康法あれこれで、魂を磨く

谷川　飲尿療法はまだ続けているんですか？

さくら　尿はやっぱり味がまずくて。一年続けて、だんだんサプリメントのほうに切りかえました。効くとは思うんです、あれ。だから今でも時々、これは尿しかないなというときには、ちょっと飲みます。

谷川　えっ、どういうときに尿しかないの？

さくら　腰がすごく痛くなったときとか。腰がずきーんとなったときには効きますね。

谷川　尿の味って、やっぱり変化しますか？　美味しいときや不味《まず》いときがある？

さくら　美味しいときはないんです（笑）。苦みが増したとかはあります。今日はしょっぱいなというのと、白湯《さゆ》を飲んでいるみたいな感じのときもありますし。甘いというのはなかったから、よかったんですけれども。

谷川　甘いと危ないでしょう。糖尿病ですよ。

さくら　えぐい感じがするときもあります。尿って、飲んだらこうだろうってイメージどおりの味なんですよ、嫌なことに。慣れなかったです。

谷川　あれは自分の尿しか効かないんですか。

さくら　自分の尿が一番いいみたいなんですね。自分の情報が尿に入っているから。でも、何も飲まないよりは、人のでも飲んだほうがいいこともあるみたいなんです。尿素って、何かいいらしいですよ、肌とかにも。

谷川　ハンドクリームとかに、よく尿素って入っていますね。いつの間にか物質的な話になってきたね（笑）。

さくら　物質にとらわれてます（笑）。

谷川　体をメンテナンスして、魂を育てようってわけですか（笑）。体を動かすことはしてないんですか。泳いだりとか。

さくら　全然していないです。

谷川　専ら内服療法？　要するに怠けていてもできることをやっているわけですね。

さくら　最近、腰振り体操というのをやってます。それはすごく楽なんです。腰を振りながらおしりとか腟とかをたたくだけ。その辺に経絡《けいらく》がいっぱいあって、刺激すると、体の血液の循環と気の循環もすごくよくなっていろいろな病気が治るとか。毎月出ている健康雑誌を何冊も買って研究してるんです。

谷川　うちに、「センコツくん」という機械があるんです。

さくら　え？　「センコツくん」？

谷川　尾てい骨の上に仙骨ってあるでしょ。その仙骨を調整するキカイなんだけれども、台みたいになっていて、立ったままそこに足を両方乗せて、スイッチを入れるとがっくんがっくんと動くの。そうすると、その衝撃が仙骨に伝わる。仙骨というのは固定していなくて、部分に分かれていて動き、その組み合わせによって体のゆがみとかが出る。だから、がっくんがっくんと刺激してやると、仙骨が正常な状態の組み合わせになるんだとか。まあ、宣伝文句です。

さくら　いいですか、それは。

谷川　わかりません。でも、癖になっちゃって、朝、乗らないと落ちつかなくて。三年ぐらい続けてます。

さくら　「センコツくん」、効き目があるんじゃないでしょうか。さきほどから拝見していても、すごく姿勢がいいですよね。

谷川　仙骨はちゃんとしたほうがいいということは、どこの健康法の人も言いますね。仙骨健康法というのは、全国にいくつかあるんです。東京の中野にもあって、そこへ行くでしょう。まず、柱に向かって立たされて、変な機械でぴっぴっぴっと仙骨のゆがみを測られるの。それからすごくごつい機械のベッドに横たわると腰がぐっと持ち上がって、一回だけガタッと腰が落ちるんです。

さくら　えっ、怖い。

谷川　ガタッと腰が落ちた瞬間に仙骨が正常な位置に戻るんだそうです。一年目はそれを信じて通っていたんだけれども、いつまでたっても仙骨がちゃんとした状態にならなくて、右二度とか左三度とか言われていて、飽きちゃったんです。その途中で、やっぱりうちでもやったほうがいいかなと思って、「センコツくん」をそれなりの値段で買ったんです。

さくら　名前の割に高いんですね（笑）。

谷川　高いですよ。やめられません（笑）。いまだに未練がましく使っている。

さくら　「センコツくん」をやっているときというのは気持ちいいんですか。

谷川　何かいいことをしているなという感じかな。仙骨の先生に、歩くのでもいいんだと言われたから、自転車をやめて歩くことにしたの。やっぱり気持ちいいから、もしかすると効いているのかな。でも、他のこともやっていますから。

さくら　どんなことを？

谷川　呼吸法とか、気功みたいなの。

さくら　あ、私もそれ、ちょっとやっています。

谷川　あれは、絶対腰にいいです。僕は前にぎっくり腰になっていたけれども、四、五年やってから、ぎっくり腰にならなくなりました。我々みたいに座って仕事をする人間は腰にくるから、体も動かしたほうがいいかもしれない。

さくら　それも道場みたいなところに行っているんですか。

谷川　前は道場に行ってたけれど、今は個人教授と小さなおけいこ場。ああいうのには、いろいろな流派があって、おもしろいです。複数のに行ってみて、自分で組み合わせた体操を、朝、しています。体が少しずつ変わっていってるみたい。

さくら　すごくお元気そうですものね。十五年ぐらい前にお会いしたときと、少しも変わっていらっしゃらない。

谷川　ありがとうございます。何か話がまた体のほうへ（笑）。

さくら　だけど、肝心なことですよ、体と魂が結びつき合うんですから、体も大事にしなきゃ。「センコツくん」、すごく欲しくなっている、今。

信用ならない物書きたち

谷川　こんな話、『まるむし帳』とどう関係があるのか（笑）。話を無理やり戻すと、僕は、さくらさんの詩の短さ、さくらさんのスタイルという感じがしてすごくいいと思うんです。絵がかけるから、自然に詩画集になっちゃってるし。

さくら　中の「こうしていよう」という詩（56頁）が、三年ぐらい前に中高生の全国合唱コンクールで歌われたことがあるんです。曲は誰かがつくるから歌わせてくださいと言うんで、どうぞって。最終決定のときにNHKで流れたんですけれども、見たら、歌にするような詩でもないのに歌っているんで、すごくおかしかった。

谷川　その作曲者は目が高い。普通は合唱曲になりそうもない言葉を選ぶというのはおもしろいです。というよりは、何でも合唱曲になり得ると僕は思うんです。なりそうもない言葉に刺激されて作曲したんだと思う、きっと。

さくら　真剣に、ハモってまで歌ってくれた（笑）。「♪こうしていよう〜」って。

谷川　すごくいい詩だもん、合唱になります。さくらさんは『ちびまる子ちゃん』のテーマの歌の作詞もされてるけれども、それはまた全然違う入り口ですよね。

さくら　作詞と詩はほんとに違います。作詞はやっぱりつくるという気持ちでつくっていくものなんですけれども、詩はつくるとかいう気持ちではないですね。

谷川　さくらさんの場合はそうだろうということは、よくわかります。僕の場合には両方ともつくるんです。それが商売ですから（笑）。『ちびまる子ちゃん』なんかはどうなんですか。つくるという意識なんですか。

さくら　それはつくるという意識ですね。ほんと、商売なんで（笑）。

谷川　だから、この詩は商売じゃなくて書いていることがすごく感じられていいです。感性がつまらない人が自分の感じるままを書くと平凡になるんだけれども、そこは全然平凡じゃないから、すごく新しい言葉がいっぱいある。

さくら　十六、七歳で書いた恋の歌はすごくくだらないものですよ。ほかは全部捨てたんですけれども、一冊だけとっておいたのがあって、それは見られない。私、あなたが好きよ的な恋のメモリーみたいな感じ。ペンション系のとか（笑）、最悪です。谷川さんも、お若いころ、恋をしたときに詩を書いてしまったりしたことはありますか。

谷川　ないですね。恋をしていて詩を書くということはあったけれども、それはほかの詩も書いていて、恋の気分もそこに入っているということで。でも、口説くために書いたことはあります。

さくら　ああ。それは書かれた方は口説かれますよ。

谷川　それを僕は雑誌に発表して、すごく怒られた。

さくら　えっ、贈った後に発表したんですか。発表してから贈ったんですか。

谷川　あげたんですが、僕はそれを雑誌に発表したくなったんで、雑誌に発表してもいいかと彼女に聞いたわけ。そうしたら、「いいよ、じゃあ返してあげる」と言われたときに、僕は「もうコピーしてある」(笑)。要するにラブレターをコピーして出しちゃったんです。

さくら　確かに、女性としては微妙な心境になりますね。でも、谷川さんのラブレター、百発百中という感じはします。絶対、女の人は気持ちを動かされます。

谷川　いい詩ばかり書けるわけじゃないですから、あなたが十六歳のときに書いた詩と同じような詩かもしれないよ。アホになるからね、恋をすると。

さくら　どんなふうにつくられるんでしょうかね、そんなときは。

谷川　ほかの詩を書くときと同じようにつくっているんです。恋の気持ちが真っ直ぐ出ているものでは、どうしてもない。しようがないんです。そこで切りかえられない。友達にはがきを書くときでも、やっぱり何かつくってしまう。

さくら　そういうのはありますね。手紙を書くときも、時間がないときだと、「これを贈るね、よろしく」ぐらいで済ましちゃいますけれども、そうじゃないときだと、エッセーみたいに、おもしろくしようとか。

谷川　構成を瞬間的に考えながら書いている（笑）。

さくら　瞬間的にお仕事になってしまうんでしょうかね。絶対必ず一回は笑わせようとか、いろいろ考えていますもんね。

谷川　僕は一番効きそうな短い言葉を考えたりしますね。絵はがきって書くスペースが狭いじゃないですか。そうすると、ここのところはやっぱりこの言葉できめておこうとか考えます。

さくら　すごいですね。私は笑わそうとしたら、ちょっと長くなっちゃうんです。

谷川　何せ字を書くのが大嫌いだから、返事は絵はがきの下半分だけと決めている。そのかわり絵はこだわる、みたいな。この人にはこんな絵がいいだろう、こんな写真がいいだろうって。

さくら　筆まめですね。ラブレターのコピーは無意識にとられていたんですか、それとも、いいやつが書けたなと思ったから？

谷川　やっぱり、うまくいけば雑誌に出してやろうという下心があったんじゃないでしょうか。

さくら　それはすごくわかります。私も手紙なんかでも、作品ぐらいうまく書けるときがあるんです、たまに。だから、そういうのは手紙だけではもったいないなと、ファイルに入れてとっておく。作家が死んだ後、編集者の人は探すじゃないですか、遺作集みたいな。あれのとき用とか（笑）。

谷川　僕はそこまで考えたことはなかったな。上を行っているわ。なるほどね。

さくら　個人あてに書いた手紙なんかだと、またおもしろいじゃないですかね。

谷川　相手がおもしろいと、余計におもしろい。相手が有名人だったりするとね。

さくら　でもコピーですからね、それは。だからコピーを送って、生原稿をとっておくとか（笑）。

谷川　すごいな。物書きというのは信用できないな。

さくら　ほんとですね。最悪ですよ、ほんとにもう（笑）。

あとがき

ぽかんとしていたり、ごろんとしていたりしたときにできた詩は、気持ちの奥に書きとめていたのですが、覚えていたのでノートに書いておきました。ぽかんとしてたりごろんとしてたりする時は、（わたしはもともとネコ背なので体がまるまっているのですが）ますますいつもより丸くなっているので、このノートは〝まるむし帳〟と名付けました。

まるむしのひとり言が、こうして本になるなんて、まるむしの世界では大変珍らしい事なので恐縮しております。

まるむしは、のろまですから、どうかゆっくりゆっくり読んでいただけたらなぁ、と思っております。

これを読んで下さった皆様、本当にありがとうございました。また、今後ともよろしくお願い申し上げます。

さくらももこ

この作品は、一九九一年十二月、集英社から刊行されました。

集英社刊

さくらももこ作品リスト

ちびまる子ちゃん ①〜⑮

誰もが共感してしまう人気シリーズ。ＴＶでも人気、合わせて読めば二倍満足。全巻おまけのページ付き。

ちびまる子ちゃん 大野君と杉山君

まる子のクラスのリーダー格・大野君と杉山君は名コンビ。共に船乗りになる夢を抱く二人は、ときにはケンカ。固い友情で結ばれた二人が大活躍。

ちびまる子ちゃん わたしの好きな歌

「めんこい仔馬」の歌が大好きなまる子は、絵かきのおねえさんとの交流の中で歌の本当の意味を知り涙する。そしてお嫁に行くおねえさんへの思いを、歌に重ねて――。

特製ちびまる子ちゃん 全5巻

さくらももこ自選、大爆笑の超豪華特製本！　全五巻。「なつかしのりぼん付録コレクション」付き！

おはなしちびまる子ちゃん ①〜⑩

マンガともアニメともちがう新しい面白さ。大爆笑シリーズ初の単行本。口絵、イラスト、ふろく付き。

もものかんづめ（文庫）
発売以来、日本中を笑わせ続けるエッセイ第一弾。
水虫に悩む人は必見の情報も収録。

さるのこしかけ（文庫）
波乱のインド旅行やＰ・マッカートニーなど世界を
またにかけたエッセイ第二弾。読んで悔いなし。

たいのおかしら（文庫）
歯医者での極楽体験など、更に磨きのかかったエッ
セイ三部作完結編。筆者＆姉の幼年時代写真付き。

あのころ（文庫）
歯切れのいい名調子はもはや芸術。テーマは待望の
「子供時代」。まる子ファンも大満足保証付き！

まる子だった（文庫）
テーマは十八番の「子供時代」。お気楽で濃密な爆
笑世界へようこそ！　おまけページ付き。

ももこの話（文庫）
山本リンダの熱狂ライブ、劣悪条件での幼少ガーデ
ニング体験記等、爆笑「子供時代」三部作完結編！

まるむし帳（文庫）
ことばと絵で表現する宇宙・日常・存在・生。心の
疲れを癒したいあなた、ぜひ一度お試しあれ。

ももこのいきもの図鑑（文庫）
生き物たちとの思い出をやさしく鋭く愉快に描いた
短編エッセイ集。オールカラー・イラスト満載。

Momoko's Illustrated Book of Living Things（文庫）
「いきもの図鑑」の英訳本、ついに刊行!!　大笑い
しながら、楽しく英語が読めてくることうけあい。

ももこの世界あっちこっちめぐり

六か月間にわたる、世界各地ハプニングづくし!! カラー写真やイラストも満載の爆笑旅行エッセイ。

さくら日和　（文庫）

ママはさくらももこなんでしょ…疑惑を深める息子も大活躍。ももこの毎日がぎっしり、の爆笑エッセイ。

のほほん絵日記　（文庫）

面白くて楽しくてかわいいももこのカラー絵日記。書き下ろし作品もたっぷり充実の一冊。

ツチケンモモコラーゲン　（文庫）

さくらももことお茶の水女子大学・土屋賢二教授。意外にして絶妙な組み合わせの二人が、健康法や恋愛・結婚、お互いの性格についてなど、日常のあらゆることを語り合う。爆笑！　初対談集。

ももこの宝石物語　（文庫）

「地球の青色」をしたパライバ・トルマリンとの運命的な出会い。父ヒロシが母に贈った真珠。灼熱のスリランカで砂利の中から必死に探した原石…宝石にまつわる思い出をつづるエッセイ。

集英社文庫

まるむし帳《ちょう》

2003年10月25日　第1刷
2018年11月11日　第8刷

定価はカバーに表示してあります。

著　者　さくらももこ

発行者　徳永　真

発行所　株式会社 集英社
東京都千代田区一ツ橋2-5-10　〒101-8050
電話　【編集部】03-3230-6095
【読者係】03-3230-6080
【販売部】03-3230-6393(書店専用)

印　刷　大日本印刷株式会社

製　本　大日本印刷株式会社

フォーマットデザイン　アリヤマデザインストア　　マークデザイン　居山浩二

ISBN978-4-08-747624-8 C0195